Herbie Brennan

# Elfenquatsch



für meine ~~~
„Quatschmackerin"
Zum herrlichen
Genuß,
Dein Papa
Weihn. 04

© Gillan Buckley

*Herbie Brennan* schrieb seinen ersten Roman mit Mitte zwanzig. Seitdem hat er zahlreiche Bücher für Kinder und Erwachsene veröffentlicht, die in mehr als 50 Ländern und in einer Gesamtauflage von über 7,5 Millionen Exemplaren erschienen sind. Neben dem Schreiben entwickelt er Spiele und Computer-Software und arbeitet für das Radio. Er lebt in County Carlow, Irland.
Bei dtv junior erschien bereits sein Kinderbuch ›Zartog aus dem All‹, bei dtv sein Roman ›Das Elfenportal‹.

Herbie Brennan

# Elfenquatsch

Aus dem Englischen von Frank Böhmert

Mit Zeichnungen von Ross Collins

Deutscher Taschenbuch Verlag

Von Herbie Brennan sind bei dtv außerdem erschienen:
›Zartog aus dem All‹, dtv junior 70664
›Das Elfenportal‹, dtv 24374

Deutsche Erstausgabe
In neuer Rechtschreibung
November 2003
Deutscher Taschenbuch Verlag GmbH & Co. KG, München
www.dtvjunior.de

Titel der englischen Originalausgabe:
›Fairy Nuff. A Tale of Bluebell Wood‹, 2001 erschienen bei
Bloomsbury Publishing Plc, London

Umschlagkonzept: Balk & Brumshagen
Umschlagbild: Sibylle Hein
Gesetzt aus der Plantin 13,5/18˙
Gesamtherstellung: Kösel, Kempten
Printed in Germany · ISBN 3-423-70811-5

*Für Aynia und Sian,*
*meine tollen Töchter – H. B.*

# Eins

Grecht war viel zu jung für einen Vornamen, darum nannten ihn die meisten Leute einfach Nur Grecht, was ihm ganz recht war. Er fand, er hätte es echt schlechter treffen können. Er hatte einen großen Bruder namens Schlagetot, eine Schwester namens Xanthippe und zwei Eltern, die beide Damenbart hießen, was für Verwirrung sorgte, wenn man nur einen von beiden rufen wollte. Sie lebten alle glücklich und zufrieden in einer bezaubernden kleinen Hütte tief im Herzen des Elfenwaldes.
Na ja, eigentlich lebten sie dort eher schlecht als recht. Damenbart und Damenbart konnten ihre Kinder nicht ausstehen und verkrü-

melten sich darum zu Frau Grechts jüngerem Bruder Furunkel in die Schweiz. Xanthippe zog bei einer Tante aus Indien ein, die Elefantina hieß. Schlagetot gründete mit einer entfernten Cousine väterlicherseits, die Zahnspange hieß, einen Haushalt. Damit war Nur Grecht alleiniger Besitzer der bezaubernden kleinen Hütte, die er jedoch am Abend des Tages, an dem alle auszogen, niederbrannte, als er eine Kerze anzuzünden versuchte.

Und so versuchte Nur Grecht die Kerze anzuzünden:
Als Erstes nahm er die Kerze aus dem Kerzenständer und balancierte sie oben auf einem Fass voller grauschwarzem Pulver aus. Weil er wollte, dass das Kerzenlicht durch das Fenster der Hütte zu sehen war, stellte er das Fass auf mehrere staubtrockene Strohballen und verkeilte es dort mit Holzscheiten und Kohlenstücken.
Er wickelte zweiunddreißig Ausgaben des *Daily Mirror* um die Scheite und die Kohlen. (Eine der Schlagzeilen lautete *KÖNIGIN ENTFÜHRT,* aber er achtete nicht

weiter darauf, weil die entsprechende Zeitung drei Tage alt war.)
Dann goss er einen Kanister Benzin über die Kerze, damit der Docht auch auf jeden Fall Feuer fing. Dann riss er das Papierschild von dem Fass ab (auf dem *Achtung Schießpulver* stand) und faltete es zu einem langen Fidibus zusammen.
Er zündete den Fidibus mit einem Streichholz an und die Kerze mit dem Fidibus.
Als er wieder zu sich kam, lag er mit geschwärztem Gesicht im feuchten Gras und die Hütte war eine schwelende Ruine.

# Zwei

Nur Grecht bekam es zwar nicht mit, aber die Hütte war nicht bloß gemütlich niedergebrannt.
Auf dem Boden unter dem strohgedeckten Dach waren achtzehn Holzkisten verstaut gewesen. Auf acht von ihnen stand mit Schablone *TNT* geschrieben. Auf zehn stand mit Schablone *DYNAMIT* geschrieben.
Zum Glück waren diese Kisten alle leer. Gleich daneben hatte Damenbart Grecht in mehreren angeschlagenen Koffern seine Andenken an den Ersten Weltkrieg verstaut. Es handelte sich um fünf Patronengurte, zweiundachtzig scharfe Handgranaten,

sieben deutsche Fliegerbomben, die nicht explodiert waren, und ein Riesenbündel verschimmelte Feldrationen, auf denen *Kommissbrot* stand.

Als Nur Grecht die Kerze anmachte, entzündeten sich die Benzindämpfe mit einem *Wuuuusch* und ließen das Fass, auf dem *Achtung Schießpulver* gestanden hatte, hochgehen. Die gewaltige Explosion drückte sämtliche Fenster hinaus und schleuderte Nur Grecht nach draußen.

Während Nur Grecht bewusstlos im feuchten Gras lag, fing das Stroh Feuer und entzündete die Holzscheite und die Kohlen, die wütend brannten und Vorhänge, Möbel,

Tapeten und den staubigen Holzfußboden in Brand setzten.

Das alles brannte wie Zunder und die Flammen loderten hoch auf, wie Flammen das so an sich haben, bis auch die Deckenbalken Feuer fingen.

Diese Balken – allesamt aus bestem Eichenholz – brannten mit solcher Wucht, dass sie rasch die gesamte Decke in Flammen aufgehen ließen. Das sorgte natürlich dafür, dass oben auf dem Dachboden die Holzkisten zu brennen anfingen, die nun wiederum die angestoßenen Koffer in Brand setzten.

Das brennende Kommissbrot entwickelte eine solche Hitze, dass die Patronengurte ihre Kugeln in alle Richtungen verschossen, was wiederum aus einundachtzig der zweiundachtzig scharfen Handgranaten die Sicherungsringe herausschlug. Die ringlosen Handgranaten detonierten prompt und ließen die nicht explodierten deutschen Fliegerbomben hochgehen.

Die Bomben waren zwar alt, hoben aber das gesamte Dach ab und schleuderten es als einen Feuerball aus brennendem Dachstroh ganz aus dem Elfenwald hinaus, bis weit über den Graben, den der Bauer Grabe zur Bewässerung seiner Wiese gegraben hatte, und dann noch weiter, ganz bis hinüber auf das Landgut der Witwe Buhiss.
So kam es, dass Nur Grecht sich, obwohl er immer noch k. o. war, einen Riesenhaufen Ärger einbrockte.

# Drei

Witwe Buhiss lebte allein, seit ihr Mann ihr in Notwehr weggestorben war. Sie lebte jedenfalls *mehr oder weniger* allein. Sie teilte sich ihr riesiges, düsteres Landhaus mit zahllosen Spinnen, Ratten, Fledermäusen, Kröten und Fröschen. Die Spinnen

waren extrem behaart. Die Ratten, Fledermäuse, Kröten und Frösche waren so gut wie alle kahl.
Ihr Landhaus war von verwilderten Ländereien umgeben, um die sich der Gärtner Ork kümmerte. Er lebte im Keller eines zerfallenen Torhauses gleich bei dem rostigen Tor. Die Ländereien waren von Tollkirschen, Bilsenkraut, Eisenhut, Winterling, Stechapfel und anderen Giftpflanzen überwuchert. Das Gewächshaus stand pickepackevoll mit Fleisch fressenden Venusfliegenfallen.
So verwahrlost, giftig und von Schädlingen befallen es auch war, das Buhiss'sche Landgut erstreckte sich über mehr als 480 Hektar. Die Mauer, die es umgab, war über acht Kilometer lang. Der riesige sengende Feuerball hätte einfach irgendwo in dieser großen Wildnis herunterkommen können, ohne dass es Ork oder der Witwe Buhiss je aufgefallen wäre.

Aber er landete nicht einfach irgendwo.
Er landete direkt auf der Hundehütte von Ripper, dem Pitbull-Terrier der Witwe Buhiss.
Die Hundehütte war über und über mit giftigen Pilzen und Schwämmen bewachsen. Ihre verrotteten Bretter waren dermaßen feucht, dass sie sogar das herunterkommende Dach löschten.
Doch als Ripper unter dem zischenden, dampfenden, rauchenden Haufen aus abgebranntem Dachstroh und verkohlten Dachbalken hervorkrabbelte, lag dort etwas auf dem Boden, das wie ein angesengter Kiefernzapfen aussah.
Es handelte sich um die zweiundachtzigste Handgranate. Diese Handgranate war das Letzte, was von Damenbart Grechts Andenken an den Ersten Weltkrieg übrig geblieben war.
Aber Ripper war zu jung, um sich an den Ersten Weltkrieg erinnern zu können.

Er stürzte sich auf den Kiefernzapfen und schüttelte ihn versuchsweise durch. Dann schleuderte er ihn hoch in die Luft und sah zu, wie er auf das Kopfsteinpflaster im Hof aufschlug. Der Kiefernzapfen sprang wieder hoch, also fing Ripper ihn auf und schüttelte ihn erneut durch.

Schließlich trottete er los, um dieses neue interessante Spielzeug seinem Frauchen zu zeigen.
Dabei blieb der Sicherheitsring an einem Dornenbusch hängen und wurde herausgezogen.
Prompt fing die Handgranate zu ticken an.

# Vier

Witwe Buhiss sah durch das obere Fenster, wie die flammende Masse des Grecht'schen Hüttendaches herunterkam, und glaubte, das Ende der Welt wäre gekommen. Sie wartete geduldig auf Erdbeben, Hungersnöte, Pest und Flut. Als nichts weiter passierte, legte sie sich eine eigenhändig gestohlene Stola um und wackelte auf ihren besten hochhackigen rosa Pantöffelchen nach unten.

Als sie die Eingangshalle erreichte, schaute Ripper durch die Hundetür. Er hielt eine tickende Handgranate im Maul. Als er sein Frauchen erblickte, lief er zu ihr und wedelte erfreut mit dem Schwanz.

*»Iiik!«*, kreischte Witwe Buhiss, die eine tickende Handgranate erkannte, wenn sie eine sah. »Geh weg von mir, du blödes Vieh!«
Ripper ließ die Handgranate fallen und sah zu, wie sie über die Marmorfliesen rollte und vor den Füßen seines Frauchens zum Liegen kam. Er dachte, dass sie ihm den Kiefernzapfen vielleicht werfen würde, so wie Ork manchmal einen Ball für ihn warf.
Aber die Witwe Buhiss raffte nur ihre Röcke und machte einen Luftsprung.
*»Iiik!«*, kreischte sie wieder. *»Iiik, iiik! Iiik, iiik!«*
Sie machte einen solchen Satz, dass sie nicht nur über die tickende Handgranate hinwegsprang, sondern auch gleich noch über Ripper. Sie landete in einer kurzen Karate-Duckstellung und schoss einen Tritt auf sein Hinterteil ab. »Bring sie raus!«, schrie sie. »Bring sie raus! Bring sie raus!«

Zum Glück ging der Tritt daneben (andererenfalls hätte Ripper mit dem bösen Fuß kurzen Prozess gemacht), aber er brachte sie so aus dem Gleichgewicht, dass sie platt auf den Rücken fiel. Ripper trottete zur Handgranate, trug sie durch die Halle und ließ sie neben den Kopf der Witwe Buhiss fallen. Er wedelte wieder mit dem Schwanz und sah sein Frauchen lieb an.

Witwe Buhiss schwang die Beine in einer perfekten Rückwärtsrolle über den Kopf, kam wieder auf die Füße, wirbelte herum und krachte in einem Schauer von Holz und Glas mitten durch die verrottete Eingangstür.

Immer noch laut schreiend lief sie über den Hof und über den Rasen. Hinter ihren wirbelnden Füßen wallten Staubwolken auf.

*»Aaah!«*, kreischte die Witwe Buhiss wie eine Teekesselpfeife. *»Aaah, aaaaah, aaaaaaaah!«*

Ripper schnappte sich erfreut die Hand-

granate und machte, dass er hinter seinem Frauchen herkam.
Das war das lustigste Spiel, das er je gespielt hatte.

# Fünf

Der Gärtner Ork war in seinem neuen Gewächshaus, als das alles passierte.
Das Gewächshaus war enorm groß und enorm teuer. Hier wollte Ork seltene exotische Pflanzen aus dem südamerikanischen Dschungel züchten, die jeden auffraßen, der ihnen zu nahe kam. Sieben dieser Pflanzen

hatte er bereits gepflanzt. Sie waren ungefähr so hoch wie ein kleines Pony und sahen aus wie grüne Kraken. Sie hatten orangene, stachelige Mäuler an der Spitze ihrer massiven Stängel. Ihre dicken, knotigen Reben und Ranken schwankten sachte auf der Suche nach jemandem, der sich fressen ließ. Ork verteilte gerade mit einer langstieligen Mistgabel Pferdedung auf ihren Wurzeln, als der ferne Klang von Witwe Buhiss' Schreien durch die feuchte Luft getrieben kam:

»*Aaah, aaaaah, aaaaaaaah!*«

»Nanu.« Ork runzelte die Stirn und hielt sich eine Hand hinter das gute Ohr.

*»Aaah, aaaaah, aaaaaaaaah!«*
Witwe Buhiss flitzte über den Rasen, mit wild wehenden Röcken. Ripper folgte ihr dichtauf. Sie erblickte Ork und bog in seine Richtung. »Rette mich!«, brüllte sie. »Erschieß den Hund!«
Ork dachte darüber eine Weile nach, dann kam er zu dem Schluss, dass er keine Schusswaffe besaß. Also steckte er sich zwei mit Pferdedung beschmierte Finger in den Mund und pfiff.
Der Ton ließ eine Scheibe des Glashauses zerklirren und zog Rippers Aufmerksamkeit auf sich. Der Hund brach die Verfolgung der Witwe Buhiss ab und lief stattdessen zu Ork. Er hatte einen Ball im Maul.
»Mach ihn einen Kopf kürzer! Zermalme ihn! Schlag ihn zu Brei! Er hat eine Bombe!«, befahl Witwe Buhiss atemlos und verschwand außer Sicht.
Ripper ließ Ork den Ball vor die Füße fallen und machte erwartungsvoll Sitz.

Ork blinzelte. Jetzt, wo die Witwe es erwähnt hatte, sah ihm der Ball sehr nach einer Handgranate aus. Er hob sie auf und lauschte ihrem Ticken.

Durch Orks Hirn ging ein Ruck. Er holte mit dem Arm aus und schleuderte die Handgranate mit aller ihm zur Verfügung stehenden Kraft davon.

Ripper wartete geduldig darauf, dass jemand *»Hol!«* sagte.

# Sechs

Da Ork sehr stark war, beschrieb die Handgranate einen großen, hohen Bogen und segelte wie in Zeitlupe über die hohe Mauer hinweg, die den Buhiss'schen Landsitz umgab.

Hinter der hohen Mauer führte eine wenig befahrene Straße entlang (die N 87, um genau zu sein). Diese wenig befahrene Straße ratterte, klapperte und knallte ein original Ford T hinunter, den sein Fahrer, ein Rechtsanwalt namens Silas Snodgrass, liebevoll, aber nicht gerade gut restauriert hatte.

Rechtsanwalt Snodgrass war den ganzen Weg von London hierher gezuckelt, um der

Witwe Buhiss gute Neuigkeiten zu bringen. Eine steinalte Tante, die in Perth in Australien lebte, war gestorben und hatte ihr Aktien von mehreren Goldminen hinterlassen, die zwanzigtausend Milliarden Pfund wert waren. Die Aktienzertifikate waren auf »Inhaber« ausgestellt und befanden sich in einer abgeschlossenen Aktentasche aus Leder auf dem Rücksitz.

Als Snodgrass die Auffahrt zum Landsitz erreichte, flogen die rostigen Tore auf und Witwe Buhiss kam herausgelaufen. Snod-

grass erkannte sie anhand einer ihm vorliegenden Fotografie sofort. Er zog die Handbremse, drückte die Hupe und wartete, dass sein Ford T zum Stehen kam.

»Witwe Buhiss!«, rief er. »Sehr erfreut, Sie kennen zu lernen!«

»Mach dich vom Acker!«, schnappte Witwe Buhiss. Sie begann die Straße hinabzuflitzen.

»Aber ich habe Ihr Erbe bei mir, Witwe Buhiss«, rief Rechtsanwalt Snodgrass ihr nach. »Hier in dieser Aktentasche befinden sich Aktien im Wert von zwanzigtausend Milliarden Pfund.«

Witwe Buhiss blieb abrupt stehen.

»Hab ich da gerade etwas von Aktien gehört?«, flüsterte sie. »Die zwanzigtausend Milliarden Mäuse wert sind?«

Sie drehte sich gerade rechtzeitig herum, um sehen zu können, wie Rippers Handgranate über die Mauer gesegelt kam und auf das Auto niederging.

Da ein Ford T kein Dach besitzt, plumpste sie auf den Rücksitz und kam laut tickend auf der Aktentasche zum Liegen.
Rechtsanwalt Snodgrass nahm die Brille ab, putzte sie kurz mit seinem Taschentuch und setzte sie wieder auf. Dann sah er sich an, was hinten in sein Auto gefallen war.
»Grundgütiger!«, sagte er, bevor er aus dem Wagen sprang und die Straße hinunter floh.
»Neiiiiin!«, heulte Witwe Buhiss, die genau wusste, was jetzt kam.
Das Ticken hörte auf.
Die Handgranate explodierte.
Die Aktienzertifikate wurden in alle Richtungen verstreut. Ein plötzlicher Windstoß trug sie davon.

# Sieben

»Meine Aktienzertifikate!«, kreischte Witwe Buhiss.

»Mein Ford T!«, heulte Rechtsanwalt Snodgrass.

Rechtsanwalt Snodgrass stapfte Richtung London davon, fest entschlossen jemanden zu verklagen. Witwe Buhiss stapfte durch die rostigen Tore auf ihren giftstoffreichen Landsitz, fest entschlossen jemanden kaltzumachen. Ork der Gärtner war gerade wieder auf dem Weg zu seinem Gewächshaus, als sie ihn einholte.

»Wer hat uns diese Bombe geschickt?«, herrschte sie ihn an.

»Fragen Sie mich was Leichteres«, sagte Ork.

»Wo hat Ripper sie gefunden?«, herrschte sie ihn an.
»Fragen Sie mich was Leichteres«, sagte Ork.
Witwe Buhiss sah sich zornig um und erblickte die verkohlten Überreste des Grecht'schen Strohdaches, unter denen die Hundehütte begraben lag. »Wer hat versucht Ripper abzufackeln?«, herrschte sie ihn an.
»Fragen Sie mich was Leichteres«, sagte Ork.
Das war zu viel. Witwe Buhiss bekam einen Koller. Sie begann am ganzen Leib zu zittern. Ihre Zehen verdrehten sich. Ihre Na-

senflügel bebten, ihre Augen glühten. Sie riss sich an den Ohren und wurde knallrot. Sie ballte die Fäuste. Schweiß stand ihr auf der Stirn. Ihre Haare standen knisternd zu Berge. Dampf schoss ihr aus der Nase. Sie stampfte unkontrolliert mit den Füßen. Ihre Knie krachten wie Pistolenschüsse. Ihre Ellbogen wurden hellgrün. Ihr Kopf feuerrot. Sie verzog den Mund. Sie machte eine Schnute. Ihre Beine zuckten. Ihre rechte Hand packte ihre Kehle und versuchte sie zu erwürgen. Ihre linke Hand hielt sie davon ab. »Wer hat mich um Aktienzertifikate im Wert

von zwanzigtausend Milliarden Pfund gebracht?«, heulte sie.

»Fragen Sie mich was Leichteres«, sagte Ork, der sie schon öfters so erlebt hatte.

Die Wangen der Witwe Buhiss begannen zu zucken. »Ich werde ihn finden«, fauchte sie wütend. »Ich werde ihn aufspüren. Ich werde die Berge und die Täler durchkämmen. Ich werde die Häuser und die Hütten durchsuchen. Die Wiesen und die Felder werde ich abgrasen nach ihm. An der Küste werde ich nachsehen. Den ganzen Wald werde ich durchforsten. Kein Gebirge, kein Fluss wird vor mir sicher sein. Ich werde ihn finden, und wenn ich bis ans Ende der Welt oder bis zum Meeresgrund muss.

Niemand, absolut niemand kostet Jennett Buhiss zwanzigtausend Milliarden Mäuse und kommt damit davon!«

»Nur gerecht«, sagte Ork.

»Nur Grecht?«, keifte Witwe Buhiss. »Du meinst diesen spitzohrigen Knilch drüben im Elfenwald? Du meinst, es war Nur Grecht? Nur Grecht hat meinen Hund ausgeräuchert? Nur Grecht hat uns eine Handgranate geschickt? Nur Grecht hat mich um mein Geld gebracht?« Sie holte so tief Luft, dass sie zu schielen anfing und ihr Brustkorb anschwoll wie der einer Taube. Für einige Augenblicke war es ganz still, mucksmäuschenstill.

Dann ....

Dann ........

Dann .......................

Dann hob Witwe Buhiss ihr Gesicht zum Himmel und ließ ein mächtiges Brüllen vom Stapel:

»BRING MIR DEN KOPF VON
NUR GRECHT!«

# Acht

Das Erste, was Nur Grecht sah, als er wieder zu sich kam, war die schwelende Ruine seines einstigen Zuhauses. *Holler!*, dachte er. Das Nächste, was er sah, war eine sehr breite, gedrungene, behaarte, muskulöse Gestalt mit Würgerhänden und schief ste-

henden Augen, die mit ihrem Klumpfuß auf ihn zuhinkte. *Hollerdipoller!*, dachte er.
Er sprang auf und sah sich um. Die Hütte war auf einer Lichtung tief im Elfenwald errichtet worden. Wenn sie noch gestanden hätte, hätte er hineinlaufen und die Tür verriegeln können. Wenn der Holzschuppen noch gestanden hätte, hätte er sich eine Axt schnappen und den scheußlichen Mann damit vertreiben können. Wenn der Gartenschuppen noch gestanden hätte, hätte er ihn mit einem Spaten hauen oder mit einer Grabegabel piksen können. Wenn –
Aber es stand nichts mehr. Die Schuppen und die Axt und die Grabegabel und der Spaten waren zu Asche und Schlacke zusammengeschnurrt. Es war nichts mehr übrig, womit Nur Grecht sich hätte verteidigen können, nichts, worin er sich hätte in Sicherheit bringen können. Bis auf den Elfenwald natürlich, der sich standhaft geweigert hatte in Flammen aufzugehen.

Nur Grecht hatte gerade drei Schritte auf die Bäume zu gemacht, da kam ihm ein Gedanke. Der Gedanke lautete: *Warum laufe ich denn weg?*

Sicher, die Gestalt, die da auf ihn zuwankte, war hässlich. Sicher, sie hatte Würgerhände. Sicher, in ihren schief stehenden Augen lag ein seltsames Glühen. *Ja und?*, dachte Nur Grecht. Konnte dieses Geschöpf nicht trotzdem ein freundliches Herz besitzen? Konnte es nicht trotzdem ein sonniges Gemüt ha-

ben? Konnte es nicht trotzdem sanften Mutes sein? War es nicht möglich, dass jemand gleichzeitig hässlich und gut war? Konnte ein Mensch nicht scheußlich aussehen und freundlich sein? Durfte man denn nur nach dem Äußeren gehen? War es nicht geradezu Nur Grechts heilige Pflicht, diesem armen, unglücklichen Geschöpf Gerechtigkeit widerfahren zu lassen?

Nur Grecht blieb stehen. Er drehte sich um. Er setzte sein freundlichstes Lächeln auf.
»Werter Herr, nennen Sie mir Ihren Namen«, sagte er sanft.
»Ork«, schnaufte Ork, denn um ihn handelte es sich.
»Sagen Sie mir, werter Herr«, fragte Nur Grecht, »warum schlurfen Sie auf mich zu?«
»Weil ich Nur Grechts Kopf will«, sagte Ork und spreizte die Finger seiner Würgerhände.
Nur Grecht setzte sich in den Wald ab.

# Neun

Das Gefährlichste im Elfenwald war (vom Kerzen anzündenden Nur Grecht einmal abgesehen) eine aus Afrika geflohene Ameisenkolonie, die dort wegen ihres Glaubens verfolgt worden war.

Die Ameisen in dieser Kolonie waren größer als die gewöhnliche englische Ameise und sogar noch ein bisschen größer als die muskulösen schottischen Hochlandameisen. Sie besaßen gewaltige Mandibeln, wie Ameisen ihre Kiefer nennen, und Antennen, die so lang waren, dass sie damit Signale von Ameisen weit draußen im Weltall empfangen konnten.

In Afrika hatten sich diese Ameisen hauptsächlich von Elefanten ernährt. Da es im Elfenwald keine Elefanten gab, waren sie, je nach Jahreszeit, auf Schneeglöckchen, Glockenblumen, Gänseblümchen, Geißblatt und diverse Wurzelgemüse ausgewichen. Aber es verlangte sie immer noch nach Elefantenfleisch und sie waren fast die ganze Zeit über hungrig.

Die Kolonie wurde von einer königlichen Familie regiert, die aus der Ameisenkönigin bestand, aus der Mutter der Ameisenköni-

gin, allgemein als Ameisenköniginmutter bekannt, sowie aus der Tante der Ameisenkönigin, allgemein als Ameisenkönigintante bekannt.

Die Pflichten der Ameisenköniginmutter und der Ameisenkönigintante waren recht leicht – sie winkten zweimal am Tag von ihrem jeweiligen Balkon –, aber für die Ameisenkönigin war das Leben anders. Obwohl sie so fett geworden war, dass sie den Thronsaal kaum noch verließ, durfte in der Kolonie nichts geschehen, ohne dass die Ameisenkönigin es gestattet hatte.

So bewegte sich ein unablässiger Strom gewöhnlicher Ameisen durch den Thronsaal, die die Ameisenkönigin in dieser oder jener Sache um Erlaubnis fragten:

*Bitte, Ma'am, darf ich wohl frühstücken?*

*Ja!*

*Bitte, Ma'am, darf ich mich wohl am Ohr kratzen?*

*Ja!*

*Bitte, Ma'am, darf ich wohl der Ameisenköniginmutter zurückwinken?*
*Ja!*
Und so weiter, Tag und Nacht.
Weil im Elfenwald seltener die Sonne schien als in Afrika und es dort keine Elefanten zu essen gab, waren die Ameisen in der Kolonie ständig schlecht gelaunt. Die Ameisenkönigin, die sehr wenig Schlaf

bekam, war von allen am schlechtesten gelaunt.
Diese schlecht gelaunte Kolonie hatte einen Ameisenhügel errichtet, wie man ihn im Elfenwald noch nie gesehen hatte. Er war kegelförmig, aus fest gepackter Erde errichtet und volle eins achtzig hoch.
Als Nur Grecht sich in den Wald absetzte, krachte er mitten in den Hügel hinein.

# Zehn

»Uff!«, entfuhr es Nur Grecht.
»Kopf«, grunzte Ork der Gärtner nicht allzu weit hinter ihm.
Nur Grecht hatte es zwar den Atem verschlagen, aber er wusste immer noch, was ihm blühte, wenn es Ork gelang, ihn einzuholen. Er lief um den massiven Ameisenhügel herum und flüchtete einen Trampelpfad hinunter in die Büsche.
Hinter ihm kam Ork mit großen Sätzen und grinste böse vor sich hin. In den Jahren, die er nun für Witwe Buhiss arbeitete, hatte er sich daran gewöhnt, sich einen Weg durchs Unterholz zu bahnen. Das bedeutete, dass er Nur Grecht bald einholen würde.

Die große, dunkelrote Zunge hing ihm zwischen den großen, dunkelroten Lippen hervor. »Kopf«, murmelte er. »Bring der Witwe seinen Kopf, Kopf, Kopf.«
Nur Grecht krachte und bretterte eine Zeit lang durch die Büsche, das Gesicht und die Hände von Stacheln zerkratzt, die Hosen von Dornen zerfetzt. Bei der Explosion seiner Hütte hatte es ihn aus den Stiefeln gehauen, so dass er sich die Füße nun an den Steinen stieß. Es fühlte sich total schrecklich an, aber er hing nun mal an seinem Kopf.

»Kopf ...«, murmelte Ork hinter ihm wie ein Echo.

Für Ork war das Leben leichter. Dank seiner außergewöhnlichen, in der giftigen Wildnis des Buhiss'schen Landsitzes verfeinerten Fähigkeiten war er in der Lage, mit der Grazie und Geschicklichkeit einer Primaballerina durch das Unterholz zu schlüpfen. Hier drehte er eine Pirouette, als Stacheln nach ihm griffen, dort legte er einen prächtigen Pas de Chat hin, um Dornen zu entgehen. Es sah äußerst dämlich aus, aber so bekam er wesentlich weniger Schrammen ab.

Nur Grecht brach endlich durch die Dornen und das Gestrüpp hindurch und fand sich an einem offenen Fluss wieder. Zu seiner Rechten lag eine Holzbrücke, die von hier nach drüben führte. Zu seiner Linken lag eine Eisenbrücke, die von drüben nach hier führte.

Nur Grecht zögerte. Er wusste nicht, welche Brücke er nehmen sollte. Die Eisenbrücke,

die von drüben nach hier führte, konnte er ja nicht nehmen, weil er sich noch nicht drüben befand. Aber wenn er die Holzbrücke von hier nach drüben nahm, konnte er vielleicht nie wieder zurück, denn sobald er drüben ankam, war dort ja nicht mehr drüben. Er schlug sich immer noch mit diesem Problem herum, als Ork einen anmutigen Sprung aus dem Dickicht machte und voll auf ihm landete.
»Hab dich«, sagte Ork und griff nach seinem Kopf.

# elf

Als Nur Grecht in den Ameisenhügel gelaufen war, hatten sich die Vibrationen des Zusammenstoßes durch die Brautzimmer und die Brutzimmer fortgepflanzt, durch die Fachbäckerei und die Dachdeckerei, durch das Schwimmbad und das Trimmrad, ganz bis zum Thronsaal.
Eine Ameise, die gerade hatte fragen wollen,

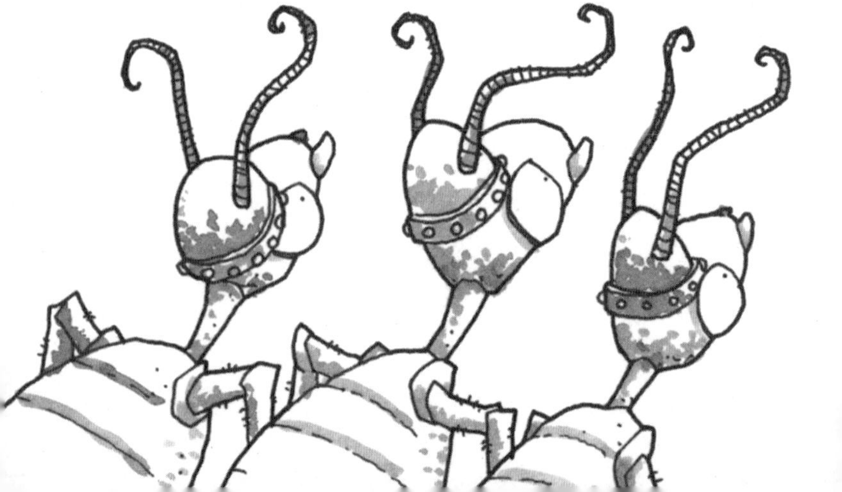

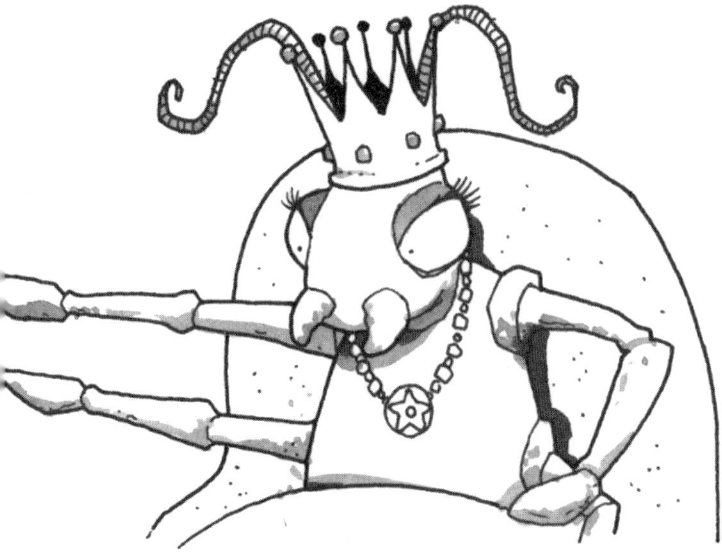

ob sie mal aufs Klo gehen dürfe, fragte stattdessen: »Was war das denn?«

»Etwas ist gegen unser gemeinsames Zuhause gelaufen«, sagte die Ameisenkönigin.

»Totmachen! Totmachen!«, riefen mehrere Ameisensoldaten.

»Ja, gleich, meine Lieben«, brachte die Ameisenkönigin sie zum Schweigen.

Ein Ameisenbote kam atemlos in den Thronsaal gestürzt.

»Etwas ist gegen unser gemeinsames Zuhause gelaufen!«, berichtete er.
»Das wissen wir!«, herrschte die Ameisenkönigin ihn an. »Bekommt lieber heraus, was es war!«
»Und macht es tot«, murmelte der Ameisensoldat mit der schlechtesten Laune.
Während der Bote wieder hinausflitzte, standen die anderen Ameisen alle still da und lauschten. Fast im gleichen Moment hörten sie etwas durch das Unterholz brechen.
Die Ameise, die aufs Klo gehen wollte, zögerte, dann siegte ihre Neugierde. »Was war das denn?«, fragte sie erneut. Lange war es mucksmäuschenstill im Thronsaal. Sämtliche Ameisen sahen zur Königin. Die Königin sah nach rechts und dachte nach. Sie sah nach links und dachte noch mehr nach. Sie sah zur Decke hinauf und überlegte. Sie sah zum Boden hinab und grübelte.

»Ich glaube, das muss ein Elefant gewesen sein«, sagte sie schließlich.
»Ein Elefant?«, staunte die Ameise, die eigentlich aufs Klo gehen wollte.
»Ein Elefant?«, wiederholte die Ameise gleich dahinter.
»Essen?«, fragte ein Ameisensoldat.
»Fangt mir den Elefanten!«, befahl die Königin.
Sämtliche Ameisen im gesamten Thronsaal wandten sich um und wimmelten auf die Tür zu. Duftbotschaften waberten durch die Luft. Soldaten traten an, Jäger sammelten sich, Elefantenfallen wurden abgestaubt, Elefantenfangnetze sorgfältig entknotet, Elefantenköder aus den Lagerkisten geholt.
Augenblicke später war die gesamte Ameisenkolonie auf den Beinen.
»Auf! Auf!«, befahl die Königin.
Sofort begannen die Ameisen auf die Haupttore des Ameisenhügels zuzuschwär-

men. Der Ameisenbote, der gerade mit der Nachricht zurückkehren wollte, dass das ganze Durcheinander von einem spitzohrigen Zweibeiner angerichtet worden war, wurde unter ihren Füßen zertrampelt. Eine schwarze Flut hungriger Ameisen ergoss sich in den Elfenwald. Manche waren so groß wie Schaben, manche wie Käfer, manche wie Mäuse.

Alle hetzten sie Nur Grecht nach.

# Zwölf

»Was ist das denn?«, schnaubte Witwe Buhiss, als Ork der Gärtner den sich wehrenden Zweibeiner in ihr Wohnzimmer schleifte.
»Das ist Nur Grecht«, murmelte Ork.
»Dir mag es zwar gerecht genug vorkommen«, schnappte Witwe Buhiss, »aber du solltest mir seinen Kopf bringen.«
»Der ist an seinem Körper dran«, sagte Ork, »also hab ich Ihnen beides gebracht.«
»Dann reiß ihn jetzt ab!«, brüllte Witwe Buhiss. »Und verfütter den Rest an deine Menschen fressenden Pflanzen.«
»Die essen nur Lebendfutter oder chinesisch«, sagte Ork. »Sie sind sehr wählerisch.«

Witwe Buhiss seufzte ergeben. »Na schön«, sagte sie. »Dann sperr ihn in den Holzschuppen zu der anderen und wir verfüttern sie nach dem Abendessen an die Pflanzen. Es kommt sowieso nichts Gutes im Fernsehen.« Ork klemmte sich Nur Grecht unter einen massigen Arm und trug ihn aus dem Haus zum Holzschuppen. Da Nur Grecht kopfüber hing, konnte er nicht sehen, wo es hinging, aber er hörte, wie Ork mit mehreren Schlössern und Ketten herumfuhrwerkte, bevor er Nur Grecht wieder auf die Füße stellte und durch die Tür stieß.

»Schön dableiben!«, grollte Ork und knallte die Tür zu.

Nur Grecht stand mühsam auf. Er lief zu der Tür, die Ork gerade zugeknallt hatte. »Lassen Sie mich raus!«, brüllte er. »Lassen Sie mich sofort raus!« Er schlug mit den Fäusten gegen die Holzbretter, dass es nur so rumste. Aber das Rumsen war nicht laut genug. Er konnte immer noch hören, wie Ork sich wieder an den Schlössern und Ketten zu schaffen machte.

Nur Grecht hörte zu trommeln auf und lauschte verzweifelt, wie Orks Schritte leiser wurden. »Lassen Sie mich raus!«, flüsterte er. »Sie dürfen mich hier nicht einsperren. Sie dürfen mich nicht an Ihre Pflanzen ver-

füttern ...« Aber er flüsterte nur ganz leise, weil er nur zu gut wusste, dass Leute wie Ork und Witwe Buhiss mit Leuten wie Nur Grecht so ziemlich alles machen konnten, was sie wollten, ohne dass es je irgendwer erfuhr.
Nur Grecht schniefte. Wenn da noch jemand

im Holzschuppen gewesen wäre, dann hätte der vielleicht sogar gedacht, dass er weinte. Und wahrscheinlich hätte dieser Jemand Recht gehabt.

Nach einer Weile hörte Nur Grecht auf, sich selber Leid zu tun, und sah sich in dem Schuppen um.

Da entdeckte er, dass *wirklich* noch jemand im Schuppen war.

# Dreizehn

Die Frau im Holzschuppen hatte eine hermelingesäumte Robe an und trug eine diamantenbesetzte Krone auf dem Kopf. In der einen Hand hielt sie einen Reichsapfel und in der anderen ein Zepter. Ihre Füße steckten in gläsernen Pantoffeln.

»Wer sind Sie?«, fragte Nur Grecht.

»Wir sind die Königin von England«, sagte die Frau betrübt.

»Sie vielleicht, aber ich nicht«, sagte Nur Grecht. »Und ich glaube, Sie auch nicht, ehrlich gesagt – Sie sehen kein bisschen aus wie Ihr Bild auf den Münzen.«

»Das ist ein ziemlich altes Bild«, erklärte die

Frau, »und gut getroffen war ich darauf eigentlich nie.«
»Aber wenn Sie die Königin von England sind«, widersprach Nur Grecht, »warum sind Sie dann nicht in London in Ihrem Palast?«
»Wir sind vor vier Tagen entführt worden«, sagte die Frau. »Es stand lang und breit im *Daily Mirror.*« Sie runzelte die Stirn. »Aber ich glaube, der *Telegraph* hat uns nur ganz hinten eine Seite gewidmet.«
Nur Grecht ging ein Flutlicht auf. Auf einmal fiel ihm die Schlagzeile in dem *Daily Mirror* wieder ein, mit dem er die Holzscheite und die Kohlen umwickelt hatte, die das Fass Schießpulver stabilisierten, auf dem die Kerze stand, die er gerade angezündet hatte, als sein Zuhause in die Luft geflogen war.
Die Schlagzeile hatte gelautet: *KÖNIGIN ENTFÜHRT.*
Er sah sich die Frau genauer an. Auf den zweiten Blick sah sie wirklich ein bisschen

wie das Bild auf den Münzen aus. Und ihm ging auf, dass nur sehr wenige Frauen sich in Hermelin kleideten und Reichsäpfel und Zepter mit sich herumtrugen. Aber was hatte die Königin von England im Holzschuppen der Witwe Buhiss verloren?

Nur Grecht beschloss, das später herauszufinden, und fiel auf ein Knie.

»Eure Majestät, ich bin Euer untertänigster Diener, Nur Grecht.«
»Das kommt mir nur gerecht vor«, sagte die Königin. »Aber was wirst du unternehmen, um uns hier herauszubringen?«
Nur Grecht sah sich um. Da er immer noch niederkniete, musste er sich dabei ziemlich verdrehen. Aber sosehr er sich auch verdrehte, er sah keinen Weg nach draußen. Die Tür war stabil und mit mehreren

Schlössern gesichert. Es gab zwar zwei Fenster, aber sie waren beide mit dicken Gittern versehen. Er dachte daran, durch das Dach auszubrechen, aber es war viel zu weit oben, um heranzukommen. Er überlegte, ob sie vielleicht durch einen Tunnel fliehen konnten, aber der Fußboden bestand aus Spannbeton.

Er hörte auf sich zu verdrehen und sah wieder die Königin an.

»Hier herauszukommen könnte ein bisschen schwierig werden«, sagte er.

# Vierzehn

Witwe Buhiss aß an diesem Abend allein, ein schlichtes Mahl aus Schafsaugen, gepökelten Schweinsfüßen, Ziege und Hirn von wahnsinnigen Rindern, heruntergespült mit einem 98er Chateau Margaux.

Während sie darauf wartete, dass ihr Kaffee durchlief, rief sie ihren Lieblingsneffen in Tasmanien an.

»Bist du das, Tante Jennett?«, fragte der Neffe, der die krächzende Buhiss'sche

Stimmlage erkannte. »Wie geht's, wie steht's?«
»Gut, danke, Alabaster«, sagte Witwe Buhiss. »Ich habe dich doch nicht bei irgendetwas Wichtigem gestört?«
»Ach Quatsch, nein, Tante Jennett – ich war bloß beim Fluss, 'n paar Riesenkängus jagen. Bin gerade rein, um mir 'ne Dose Fosters und 'nen Kübel Garnelen zu genehmigen. Alles okay da drüben bei dir?«
Witwe Buhiss warf Ripper ein paar Ziegenknochen zu. »Mehr als bloß okay«, sagte sie. »Alles bestens in Butter, erste Sahne.«
»Wie läuft's mit deinem Plan, England zu übernehmen?«, fragte Alabaster neugierig.
Witwe Buhiss lächelte ein wenig. »Tja, mein Lieber, genau davon wollte ich dir gerade erzählen. Ich habe es geschafft, die Königin zu entführen und in meinen Holzschuppen zu sperren.«
»Raffitücke!«, rief Alabaster voller Bewunderung.

»Sobald ich meinen Kaffee getrunken habe, werde ich sie an Orks Menschen fressende Pflanzen verfüttern. Die lassen nichts übrig, weißt du –«

»Auch nicht ihr Glasauge und die Perücke?«, warf Alabaster ein.

»Die nicht und auch keine Knochen!«, sagte Witwe Buhiss. »Wenn das erledigt ist, nehme ich ihren Platz ein. Wir sehen uns sehr ähnlich, weißt du. Sobald ich erst einmal ihre Hermelinrobe anhabe und mir ihre Krone aufsetze, wird niemand einen Unterschied bemerken.«

»Und wie geht's dann weiter?«, wollte Alabaster wissen.

»Na, als Erstes werde ich mal diesen schrecklichen kleinen Emporkömmling von Premierminister hinauswerfen und Ork seine Stelle geben. Der Rest sollte wie am Schnürchen klappen. Dich mache ich dann natürlich zum Generalgouverneur von Australien.«

»Hui, danke, Tante Jennett – echt ein feiner Zug von dir. Dann bist du also rundum sorglos?«

Witwe Buhiss wedelte vornehm mit der Hand. »Ach, weißt du, ich habe ein wenig Geld verloren. Und dann hat mir noch so ein dummer Junge aus dem Elfenwald eine Handgranate geschickt.« Sie setzte ein böses

Lächeln auf. »Aber um den kümmere ich mich gleich.«

»Die Frau hat's drauf!«, rief Alabaster begeistert.

»Ich muss jetzt Schluss machen«, erklärte Witwe Buhiss. »Der Kaffee ist durch und ich habe noch einiges zu tun.«

# Fünfzehn

Ork aß zusammen mit den Menschen fressenden Pflanzen, ein schlichtes Mahl aus verschimmeltem Brot und Stinkekäse. Aber für die Pflanzen hatte er etwas vom Chinesen geholt, zum Appetitanregen.

»Nur ein kleiner Imbiss«, sagte er und warf ihnen Rippchen und Hühnerflügel in Barbecuesoße zu. »Nur ein paar Häppchen, damit ihr richtig auf den Geschmack kommt.« Grinsend schleuderte er Rindfleisch in Austernsoße hoch, Schweinefleischbällchen, gebratenen Reis, eine Auswahl Dim Sum, Krabbenchips, Pekingente, hundert Jahre alte Eier, Gurken süß-sauer, Hühnersuppe mit Mais, Pilze in Zitrone und auch die Alu-

schachteln, in die alles verpackt gewesen war. Die Menschen fressenden Pflanzen fingen jedes Geschoss geschickt auf und warfen es sich in die Mäuler. Diejenigen, die eine Schale verschluckten, rülpsten laut und spuckten sie wieder aus. Wedel und Ranken peitschten und zuckten vor Freude.

»Bald kriegt ihr was Anständiges«, sagte Ork und grinste immer noch. »Gefüllten Hermelin als Hauptspeise und zum Nachtisch ein Paar Schweineohren!« Er schaufelte sich den

Mund mit Brot und Käse voll und lachte über seinen eigenen Witz. Brot und Käse krümelten wieder heraus. »Bald, meine Hübschen, bald«, sagte er.
Witwe Buhiss kam ins Gewächshaus getänzelt. »Sind die Pflanzen so weit, Ork?«, trällerte sie.
»Zu allen Schandtaten bereit«, sagte Ork.
»Dann mal los, aber ganz famos, sonst platzt mir die Hos!«, rief Witwe Buhiss, die sich vor Aufregung kaum beherrschen konnte.

»Bin noch nicht mit Essen fertig«, murmelte Ork.

»Ich aber«, erklärte Witwe Buhiss von oben herab, »und das ist das Einzige, was zählt. Hoch mit dir, Mann, aber dalli!«

Ork stopfte sich den Rest des verschimmelten Brotes mit Stinkekäse in den Mund und kämpfte sich widerstrebend hoch. Witwe Buhiss hängte sich bei ihm ein und sie verließen gemeinsam das Gewächshaus.

»Ich bin schon fast über den Verlust meiner zwanzigtausend Milliarden Mäuse hinweg«, erklärte sie. »Soll ich dir sagen, warum?«

»Jau«, sagte Ork. »Sollen Sie.«

»Ich bin schon fast darüber hinweg, weil wenn ich erst einmal Königin bin, lass ich mir von der Reichsdruckerei *vierzigtausend* Milliarden Mäuse drucken. Und das geht, weil ich dann nämlich Königin bin.«

»Jau«, sagte Ork. »Sind Sie dann.«

»Ich kann es kaum erwarten«, sagte Witwe

Buhiss. »Meinst du, deine Pflanzen werden sie schnell auffressen?«

»Jau«, sagte Ork. »Werden sie.«

Sie gingen zusammen zum Holzschuppen, um die Königin und Nur Grecht zu holen. Aber als Ork die Tür aufschloss, waren die Königin und Nur Grecht nicht mehr da.

# Sechzehn

»Bist du dir sicher?«, fragte Witwe Buhiss und versuchte über Orks breite Schulter zu schauen.
»Sehen Sie selbst«, sagte Ork.
Sie starrten gemeinsam in den düsteren Holzschuppen. Die Gitter vor den Fenstern waren unbeschädigt. Niemand hatte das Dach aufgebrochen oder einen Tunnel gegraben. Und die Ketten und Schlösser an der Tür hatte Ork gerade erst eigenhändig geöffnet. Trotzdem befand sich in dem Schuppen jetzt nichts weiter als der Haufen Holzscheite drüben in der Ecke.
»Wie sind sie herausgekommen?«, rief Witwe Buhiss.

»Keine Ahnung«, sagte Ork.
»Wo sind sie hin?«, kreischte Witwe Buhiss.
»Keine Ahnung«, sagte Ork.
Sie traten zurück und sahen sich draußen um. Vielleicht waren die Königin und Nur Grecht ja noch irgendwo in der Nähe. Sie sahen zum Haus, aber keine Spur. Sie sahen in den Hof, aber keine Spur. Sie sahen zum

Rasen, aber keine Spur. Sie sahen zum Haupttor, aber keine –

»Was ist das denn?«, stutzte Ork.

»Was ist was denn?«, stutzte Witwe Buhiss.

»Das da beim Tor«, sagte Ork.

Sie standen nebeneinander, Ork und Witwe Buhiss, beschatteten die Augen vor der untergehenden Sonne und starrten zu der schwarzen Flut hinüber, die sich durch das Haupttor ergoss und die Auffahrt heraufgeflossen kam.

»Eine Sonnenfinsternis?«, überlegte Ork. Er dachte, die schwarze Flut könnte ein Schatten sein.

»Erzähl keinen Stuss!«, schnappte die Witwe Buhiss. Sie kniff angestrengt die Augen zusammen und besah sich die heranrückende schwarze Flut. »Die Königin ist es jedenfalls nicht«, sagte sie.

»Glaube ich auch«, sagte Ork.

»Und auf gar keinen Fall dieser hässliche dürre Junge mit den Elfenohren.«

»Auf gar keinen Fall«, wiederholte Ork. »Kein klein bisschen.«

Sie sahen zu, wie die schwarze Flut auf sie zugeflossen kam. Die Ohren der Witwe Buhiss fingen ein seltsames klickendes Geräusch auf, leise zuerst, aber allmählich lauter werdend. Es klang, als schnappe eine große Anzahl winziger marschierender Lebewesen im Gleichtakt mit den Mandibeln.

Die Witwe Buhiss blinzelte. »Ameisen!«, kreischte sie.

»Ameisen?«, fragte Ork.

»Riesige, wilde, wütende, gefährliche Ameisen wie die Sorte, die es in Afrika gibt!«, japste Witwe Buhiss. »Tu etwas! Tu etwas, schnell!«

Ork tat etwas und er tat es schnell. Er rannte davon.

Einen Moment später folgte Witwe Buhiss ihm.

# Siebzehn

Die vorderste Ameise der Ameisenhorde, die aus dem Ameisenhügel schwärmte, um (in der Annahme, er wäre ein Elefant) Nur Grecht zu verfolgen, war eine kurzsichtige Ameise namens Nr. 287655439.

Sie war einzig und allein deshalb die vorderste Ameise, weil sie zufällig am dichtesten beim Haupttor gestanden hatte, als die Ameisenkönigin alle zur Elefantenjagd hinausschickte.

Aber ihre neue Position stieg ihr sofort zu Kopfe und sie begann die anderen herumzukommandieren.

»Hier entlang!«, befahl Nr. 287655439.

»Nicht aus der Reihe tanzen. Nicht trödeln.

Schneller marschieren. Zusammenbleiben. Augen nach vorn. Schritt halten. Mandibeln klicken lassen. Alle mir nach.«

Die anderen Ameisen, die es gewöhnt waren, herumkommandiert zu werden, gingen dort entlang, tanzten nicht aus der Reihe, trödelten nicht, marschierten schneller, blieben brav zusammen, richteten die Augen nach vorn, hielten Schritt, ließen die Mandibeln klicken und folgten ihr alle nach. Das führte dazu, dass sie sich bald verirrten.

»Im Gleichschritt!«, befahl Nr. 287655439, um sich ihre Verwirrung nicht anmerken zu lassen.

Im perfekten Gleichschritt folgten die Ameisen Nr. 287655439 in das Unterholz und wieder hinaus, um die große Eiche und wieder zurück, den kleinen Hügel hinauf und wieder hinunter, weit weg und wieder zurück, bis sie sich schließlich wieder in Sichtweite des Ameisenhügels befanden.

»Die Ameisenkönigin bringt dich um«, flüs-

terte Nr. 833456321, die gleich neben Nr. 287655439 lief.

»Kehrt marsch!«, befahl Nr. 287655439.

Die Ameisen machten kehrt und marschierten wieder ins Unterholz. Diesmal schafften sie es, gut genug geradeaus zu marschieren, dass sie zum Fluss gelangten, gleich bei der Holzbrücke, die von hier nach drüben führte, und der Eisenbrücke, die von drüben nach hier führte.

»Außer Tritt!«, kommandierte daraufhin Nr. 287655439, die irgendwo gelesen hatte, dass man nicht im Gleichschritt über eine Brücke marschieren sollte, weil diese sonst einstürzte.

Die Ameisen hörten auf im Gleichschritt zu marschieren und folgten Nr. 287655439 über die Holzbrücke. Manche gingen, manche schlurften, manche tanzten Stepp, manche schlugen Rad, manche hüpften auf der Nase, manche schlängelten sich, manche krabbelten, manche hopsten auf winzigen

Springstöcken, aber absolut keine zwei marschierten auch nur für eine Sekunde im Gleichschritt.
Nr. 287655439 führte sie den ganzen Weg über die Holzbrücke, das Flussufer entlang und dann über die Eisenbrücke. Darauf führte sie sie durch das Unterholz und wie-

der zurück, bis der Ameisenhügel wieder in Sicht kam.

»Jetzt lass mich mal ran«, grollte Nr. 833456321 und übernahm die Führung.

Das ist der Grund, warum die Ameisen so lange bis zum Haupttor des Buhiss'schen Landsitzes brauchten.

## Achtzehn

»Sind sie weg?«, flüsterte die Königin.

»Ich glaub, ja«, flüsterte Nur Grecht zurück.

»Das war ein sehr schlauer Plan«, sagte die Königin. »Ein sehr, sehr schlauer Plan.«

Sie lagen unter dem Holzhaufen in der Ecke des Holzschuppens versteckt. Nur Grecht konnte sehen, dass Ork und Witwe Buhiss die Tür weit offen stehen gelassen hatten. Er begann die Holzscheite abzutragen, zuerst von der Königin, dann von sich selbst.

Die Königin wischte Holzspäne, Moos und Sägemehl von ihrem Hermelin und setzte sich die Diamantenkrone wieder richtig auf. »Ich glaube, ich werde dich eines Tages zum Ritter schlagen, Nur Grecht.«

»Das wär aber mehr als nur gerecht«, sagte Nur Grecht erfreut.
»Doch zunächst«, sagte die Königin, »nehmen wir besser die Beine in die Hand, bevor die beiden wiederkommen. Wenn sie merken, dass wir immer noch hier sind, sperren sie die Tür wieder zu.«
»Ganz meine Meinung, Eure Majestät«, sagte Nur Grecht.
Sie schlichen zusammen zur Tür des Holzschuppens und Nur Grecht spähte vorsichtig hinaus. Von Ork und Witwe Buhiss war nichts zu sehen. »Ich glaube, die Luft ist rein«, sagte er.
»Dann werde ich einmal die Führung übernehmen«, sagte die Königin, die es gewohnt war, die Führung zu übernehmen.
Sie traten aus dem Holzschuppen.
Die Königin blieb so unvermittelt stehen, dass Nur Grecht ihr ins Kreuz lief. Er machte rasch einen Satz nach hinten und fragte sich, ob er nun wegen Hochverrat

ins Gefängnis kommen würde. »Das tut mir schrecklich Leid, Eure Majestät«, sagte er.
»Ist schon gut«, sagte die Königin. »Unser Gemahl macht das ständig. Aber warum hat die Witwe Buhiss hier um uns herum Teer ausgegossen?«
Nur Grecht sah an der Königin vorbei. Nur ein paar Schritte entfernt bewegte sich eine schwarze Flut, aber Teer war das nicht.

»Ich glaube, das sind Ameisen, Eure Majestät«, sagte er.
Die Königin setzte ihre Brille auf. »Die sind ganz schön groß für Ameisen.«
Das waren sie wirklich. Es waren die größten Ameisen, die Nur Grecht je gesehen hatte. Der lebende Teppich kam immer näher. »Zurück in den Holzschuppen, Eure

Majestät!«, rief Nur Grecht. »Die Tür schließt so dicht, da kommen sie nicht rein!«
»Ich glaube, das sollten wir tun«, sagte die Königin.
Sie drehten sich um und mussten feststellen, dass die Ameisen schon zwischen ihnen und dem Holzschuppen waren.
»Über den Rasen, Eure Majestät! Vielleicht können wir ihnen davonlaufen!«
»Ich glaube, das könnten wir«, sagte die Königin.

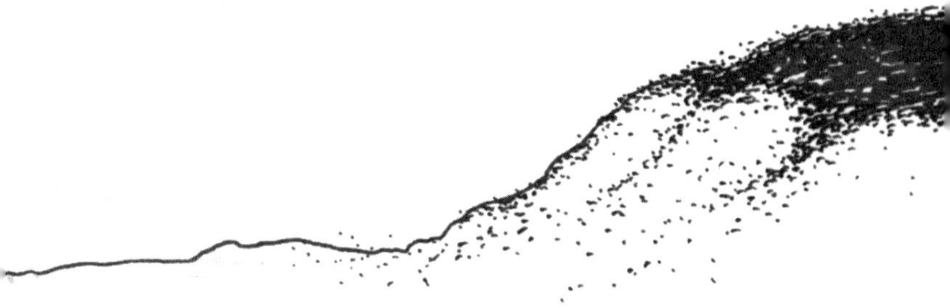

Sie drehten sich um und mussten feststellen, dass der Rasen von Ameisen wimmelte.
»Das Haus, Eure Majestät«, drängte Nur Grecht. »Dann müssen wir uns eben im Haus in Sicherheit bringen.« Er hoffte, dass im Haus nicht Ork und die Witwe Buhiss auf sie lauerten.
»Aber im Haus könnten Ork und die Witwe Buhiss lauern«, protestierte die Königin.
»Das müssen wir riskieren!«, rief Nur Grecht.

Sie drehten sich um und mussten feststellen, dass die Ameisen schon zwischen ihnen und dem Haus waren. Sie drehten und drehten und drehten sich um, aber wohin sie sich auch drehten, kamen die Ameisen näher.
Sie waren umzingelt.

# Neunzehn

Witwe Buhiss fand Ork im Gewächshaus. Er hatte sich in einer Ecke zusammengerollt und lutschte am Daumen. Eine der Menschen fressenden Pflanzen hatte ihm einen Wedel um die Schulter gelegt und streichelte ihm beruhigend den kahlen Kopf.

»Was ist denn mit dir los?«, herrschte Witwe Buhiss ihn an.

»Ameisen«, sagte Ork. »Die kann ich nicht ausstehen.«

»Unsinn!«, schnappte Witwe Buhiss. »Ameisen werden wie jedes andere Problem angegangen, mit Entschlossenheit und Zielstrebigkeit. Also hoch mit dir, Mann, und geh sie an!«

Aber Ork rührte sich nicht. »Sie wissen doch, dass Ameisen meinem Onkel Alfred das Bein abgefressen haben«, sagte er störrisch.

»Das waren Termiten, die zählen nicht«, erklärte Witwe Buhiss. »Außerdem war es ein Holzbein.«

»Mir doch egal«, sagte Ork schmollend. »Ich kann Ameisen trotzdem nicht ausstehen.«

»Das mag sein«, rief Witwe Buhiss, »aber diese Haltung bringt uns nicht weiter.

Wenn du nicht irgendetwas gegen sie unternimmst, haben wir sie bald überall auf dem ganzen Grundstück.« Sie schnaubte.
»Außerdem können wir die Königin und diesen schrecklichen Jungen nicht suchen, solange hier überall Ameisen herumwimmeln. Du musst sie uns sofort vom Hals schaffen!«
»Will aber nicht!«, sagte Ork.
Die Witwe Buhiss fragte sich kurz, ob sie wieder einen Koller bekommen sollte, be-

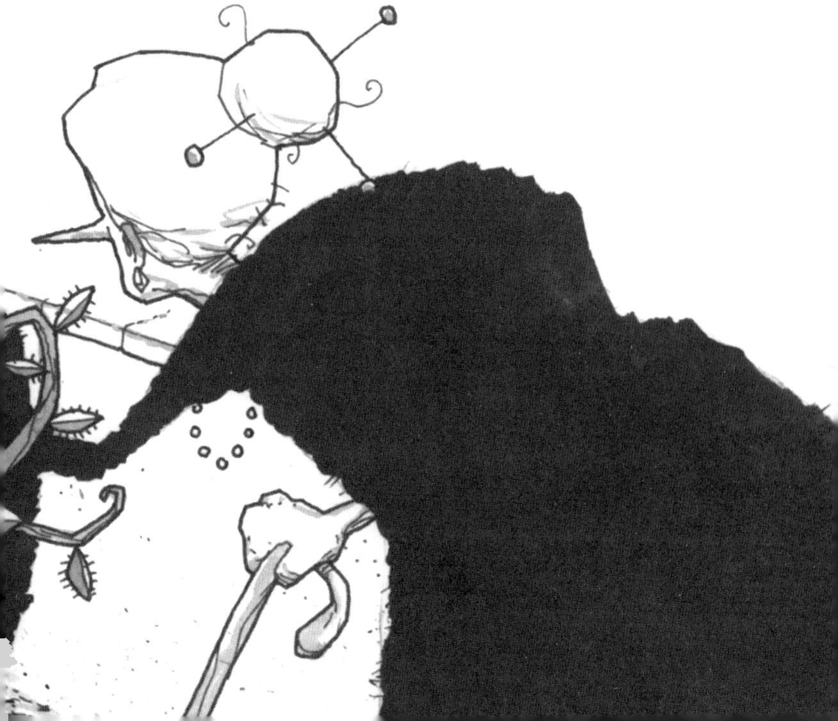

schloss aber, dass ihr dafür die Zeit fehlte. Also marschierte sie forsch hinüber, nahm Ork bei der Hand und zog ihn auf die Füße. Eine Menschen fressende Pflanze streckte eine Ranke nach ihr aus, aber sie schlug sie kurzerhand beiseite.

»Reiß dich zusammen, Mann!«, sagte sie scharf zu Ork. »Komm mit zum Schuppen!« Sie drehte sich um und zerrte ihn aus dem Gewächshaus. Sie waren kaum draußen, da begann Ork zu zittern, aber es waren nirgendwo Ameisen zu sehen. Im Nu waren sie bei dem Schuppen angelangt.

Der Schuppen stand voller Töpfe. Dort gab es Blumentöpfe, Farbtöpfe, Marmeladentöpfe, Honigtöpfe, Kochtöpfe, Rumtöpfe, Auspufftöpfe und sogar Töpfe mit anderen Töpfen darin. »Wie soll man hier drin denn je irgendwas finden?«, schimpfte Witwe Buhiss. »Da kriegt man ja einen Sprung in der Schüssel!«

Sie sah oben ins Regal und nahm ein Glas

mit Pulver herunter. »Tötet Fliegen, Flöhe, Wanzen, Wespen, Käfer«, las sie das Etikett vor, »Läuse, Mäuse, Schnecken, Schnaken, Hakenwürmer, Bandwürmer, Bücherwürmer, Seidenraupen, streunende Katzen, kleinere Ratten und … ah ja, wie ich es mir gedacht habe … AMEISEN!!!«

Sie schwang herum und schwang drohend das Glas. »Damit kriegen wir die Sache in den Griff, Ork! Wir verstreuen es. Und bald gibt es auf dem ganzen Grundstück keine einzige Ameise mehr!«
Aber als sie die Ameisen suchen ging, musste sie feststellen, dass die Ameisen längst verschwunden waren.

# Zwanzig

Nr. 833456321 besaß zwar einen viel besseren Orientierungssinn als Nr. 287655439, aber weniger kurzsichtig war sie nicht.
Als die Ameisen Nur Grecht und die Königin von England umzingelt hatten, sah Nr. 833456321 darum nicht mehr als zwei große, undeutliche Umrisse.
»Elefanten einfangen!«, befahl sie den anderen Ameisen.
*Zack,* stürmten die Ameisenjäger nach vorn und warfen ihre Elefantenfangnetze über die Königin und Nur Grecht.
*Zack,* stürmten die Ameisensoldaten nach vorn und wickelten ihnen Elefantenfangstricke um die Beine.

*Zack,* warfen ihnen die Ameisencowboys ihre Lassos um die Schultern.
*Zack,* begannen die allerstärksten Ameisen an den Seilen zu ziehen, um die beiden zu Fall zu bringen.

»Sind sie nicht ein bisschen klein für Elefanten?«, fragte Nr. 287655439 prompt, als sie die beiden endlich näher betrachten konnte.
»Das sind englische Elefanten«, sagte Nr. 833456321. »Englische Elefanten sind eher klein.«
»Aber haben sie nicht eine sehr merkwürdige Form für Elefanten?«, fragte Nr. 287655439, die sich allmählich fragte, ob sie vielleicht wieder die Führung übernehmen sollte.

»Englische Elefanten sind dafür bekannt, dass sie sehr merkwürdig aussehen«, sagte Nr. 833456321 entschieden. Sie starrte Nr. 287655439 an. »Du denkst doch nicht etwa darüber nach, wieder die Führung zu übernehmen, oder?«

»Nein«, sagte Nr. 287655439 rasch.

Die Ameisen, die ein eingespieltes Team waren, schlangen so viele Seile um die Königin und Nur Grecht, dass die beiden wie ägyptische Mumien aussahen.

»Das ist eine überaus erfolgreiche Jagd gewesen«, verkündete Nr. 833456321. »Nun lasst uns diese Elefanten hochheben und zurück zu unserem Hügel im Elfenwald tragen!«

Die Ameisen schwärmten unter die Königin und Nur Grecht und stimmten ihr Hebelied an. Der Text war ziemlich öde – »Hoch ...

hoch … hoch« –, aber die Melodie war ein echter Ohrwurm.
Sie stemmten Nur Grecht in die Höhe.
»Das ist ein ganz schön leichter Elefant«, sagten sie.
Sie stemmten die Königin in die Höhe.
»Der ist auch nicht viel schwerer«, sagten sie.
Immer noch fröhlich singend, trugen sie die Königin und Nur Grecht zu dem Ameisenhügel im Elfenwald zurück.

# Einundzwanzig

Da fast ihre gesamte Kolonie zur Elefantenjagd aufgebrochen war, hatte die Ameisenkönigin auf einmal nichts mehr zu tun. Niemand kam in den Thronsaal, um zu fragen, ob er sein Frühstück essen durfte. Niemand wollte die Erlaubnis, sich am Ohr zu kratzen. Niemand wünschte ihre Entschei-

dung, ob man der Ameisenköniginmutter zurückwinken sollte.
Nach mehreren Stunden des Nichtstuns war sie dermaßen gelangweilt, dass sie den Thronsaal verließ und der Ameisenköniginmutter selbst zurückwinkte.
»Wo stecken denn alle?«, rief die Ameisenköniginmutter zu ihr hinunter.
»Sind auf Elefantenjagd«, brüllte die Ameisenkönigin. Die Ameisenköniginmutter war

leicht schwerhörig, darum fehlte ihr oft der Durchblick.

»In England gibt es keine Elefanten«, sagte die Ameisenköniginmutter.

Die Ameisenkönigin blinzelte. »Wie bitte?«

»Ich sagte, in England gibt es keine Elefanten«, wiederholte die Ameisenköniginmutter. »Höchstens in Zoos, Wildparks und bei dem einen oder anderen Wanderzirkus. Aber im Elfenwald jedenfalls nicht. Hier finden sie nicht genug zu fressen. Wir werden ja selbst kaum satt.«

Die Ameisenkönigin kehrte in ihren Thronsaal zurück, um sich das durch den Kopf gehen zu lassen.

Sie ließ es sich immer noch durch den Kopf gehen, als ein Ameisenbote in den Thronsaal geflitzt kam. »Die Jagd ist zurück!«, verkündete er.

Flink marschierten zwei Reihen Ameisenherolde in den Thronsaal, ganz in prächtigem Gold und Rot. *»Ta-rah!«*, sangen sie im Chor. *»Ta, ta-rah-ra, ta-rah-ra, ta-rah-rah!«*

Der oberste Herold trat vor. »Die Jagd, sie nahet!«, verkündete er würdevoll.

Er trat wieder an seinen Platz. *»Ta-rah-rah-*

*rah-rah ... rah-rah!*«, sangen die Ameisenherolde im Chor.

Einen Moment lang war es still, dann begannen die Galerien des Ameisenhügels unter lauter werdenden Marschtritten zu vibrieren. *Stampf, stampf, stampf, stampf,* tönten sie. *Stampf, stampf, stampf, stampf!* Näher und näher kamen sie, lauter und lauter wurde der Lärm.

»*Ta-rah. Ta-rah-rah-rah!*«, sangen die Ameisenherolde.

»Die Jagd ist da!«, dröhnte der oberste Herold.

In den Thronsaal kam Nr. 833456321 marschiert. »Eure Majestät«, rief sie, »wir haben zwei Elefanten erbeutet!«

»Seid nicht albern«, sagte die Ameisenkönigin. »In England gibt es keine Elefanten.«

# Zweiundzwanzig

»Ich würde Sie ja auf eine Tasse Tee einladen«, sagte Nur Grecht zur Königin von England, nachdem die Ameisen sie wieder freigelassen hatten. »Aber ich habe mein Haus leider abgefackelt.«

»Vielleicht könntest du mir einfach zeigen, wo es gestanden hat«, sagte die Königin. »Das wäre sehr nett, bevor ich wieder zurück nach London muss.«

Während sie gemeinsam durch den Elfenwald zu der Lichtung spazierten, auf der die Grecht'sche Hütte gestanden hatte, fragte Nur Grecht neugierig: »Was werdet Ihr mit Ork und der Witwe Buhiss tun, Eure Majestät?«

Die Königin winkte vornehm ab. »Die lasse ich durch meine Leibgarde festnehmen. Ein paar Jahre im Kerker werden ihnen gewiss das Mütchen kühlen.«
»Gut so«, sagte Nur Grecht beifällig.
Sie erreichten die Lichtung. Die Ruine der Grecht'schen Hütte rauchte nicht mehr, sah aber ansonsten immer noch genau so aus, wie Nur Grecht sie in Erinnerung hatte.

»Was für ein bezauberndes Grundstück«, sagte die Königin höflich.
»Ein bisschen ungepflegt«, sagte Nur Grecht. Es sah so aus, als hätten hier ein paar Schmutzfinken gepicknickt, denn überall lagen Zettel verstreut.
»Macht nichts«, sagte die Königin munter. »Für unser Vorhaben reicht es allemal.« Sie bemerkte seinen verwirrten Blick und fügte hinzu: »Wir haben versprochen dich zum Ritter zu schlagen.«
Nur Grecht blinzelte. »Sie meinen, Sie können es hier tun?«
»Selbstverständlich kann ich das. Bitte knie nieder – einfach irgendwo, wo es trocken ist.«
Nur Grecht ging auf ein Knie hinunter.
»Nun halte dir bitte die Augen zu, während ich mein Schwert heraushole.«
Nur Grecht hielt sich die Augen zu. Die Königin hob rasch die Röcke und zog ein langes Zeremonienschwert aus ihrer Unter-

hose. Sie strich die Röcke wieder glatt. »Du darfst jetzt gucken.«
»Was soll ich denn machen?«, fragte Nur Grecht.
»Einfach bloß stillhalten«, sagte die Königin. Sie trat vor und legte das Schwert auf seine rechte Schulter. Es fühlte sich ziemlich warm an. »Wir schlagen Euch zum Ritter des Reiches«, sagte sie. Sie hob das Schwert und legte es ihm auf die linke Schulter. »Erhebt Euch, edler Ritter Nur Grecht!«, sagte sie.
Seine Knie krachten laut, als er aufstand.

»Vielen Dank, Eure Majestät! Ich bin Euch sehr dankbar.«
»Das war doch das Mindeste, das ich für den Jungen tun kann, der mich gerettet hat«, sagte die Königin nachdrücklich. »Aber jetzt muss ich zurück nach London. Man sieht sich.«
Der edle Ritter Nur Grecht sah stolz zu, wie die Königin den Pfad hinunterging, der sie aus dem Elfenwald hinausführte.
»Man sieht sich, Eure Majestät«, sagte er.

# Epilog

Nur Grecht stand lange still da, nachdem die Königin von England verschwunden war. Schließlich seufzte er und wandte sich ab. »Ich räum hier besser mal auf«, sagte er laut. Er hob einen der Zettel auf. Es handelte sich um das Aktienzertifikat einer australischen

Goldmine. In verschlungenen Buchstaben standen darauf folgende Worte gedruckt:

*1 Milliarde Pfund.*

Er hob einen weiteren Zettel auf. Es handelte sich ebenfalls um ein Aktienzertifikat mit den eingedruckten Worten *1 Milliarde Pfund.*

Nur Grecht sah sich um. Hier mussten schätzungsweise zwanzigtausend Blatt Papier über die Lichtung verstreut liegen.

Auf einmal kam ihm der Gedanke, hier eine Burg zu bauen.

Marilyn Singer
Echsenzauber
dtv junior extra

dtv junior

# Das Haus des Magiers

William, Alice und Mary erleben spannende Abenteuer im magisch-geheimnisvollen Golden House.

ISBN 3-423-**70665**-1
Ab 10

ISBN 3-423-**70677**-5
Ab 10

ISBN 3-423-**70703**-8
Ab 10

ISBN 3-423-**70714**-3
Ab 10

# Flugabenteuer ab 8 Jahre

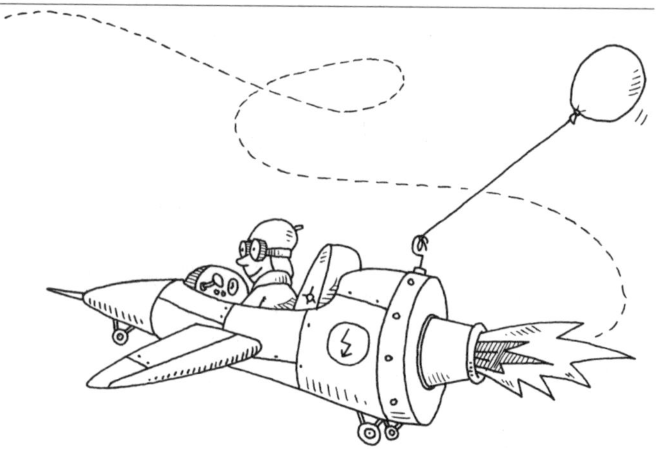

Regale voller Flugmodelle, Fotos von Doppeldeckern an den Wänden, der Tisch übersät mit Papierfliegern jeder Art – kein Zweifel: Hier wohnt Bert! Und der hat nur einen Gedanken im Kopf: Er will fliegen können! Als er eines Tages eine alte Fliegerjacke findet, scheint sein Traum wahr zu werden, denn in dieser Jacke kann man tatsächlich durch die Luft schweben ...

Band 70606 Ab 8

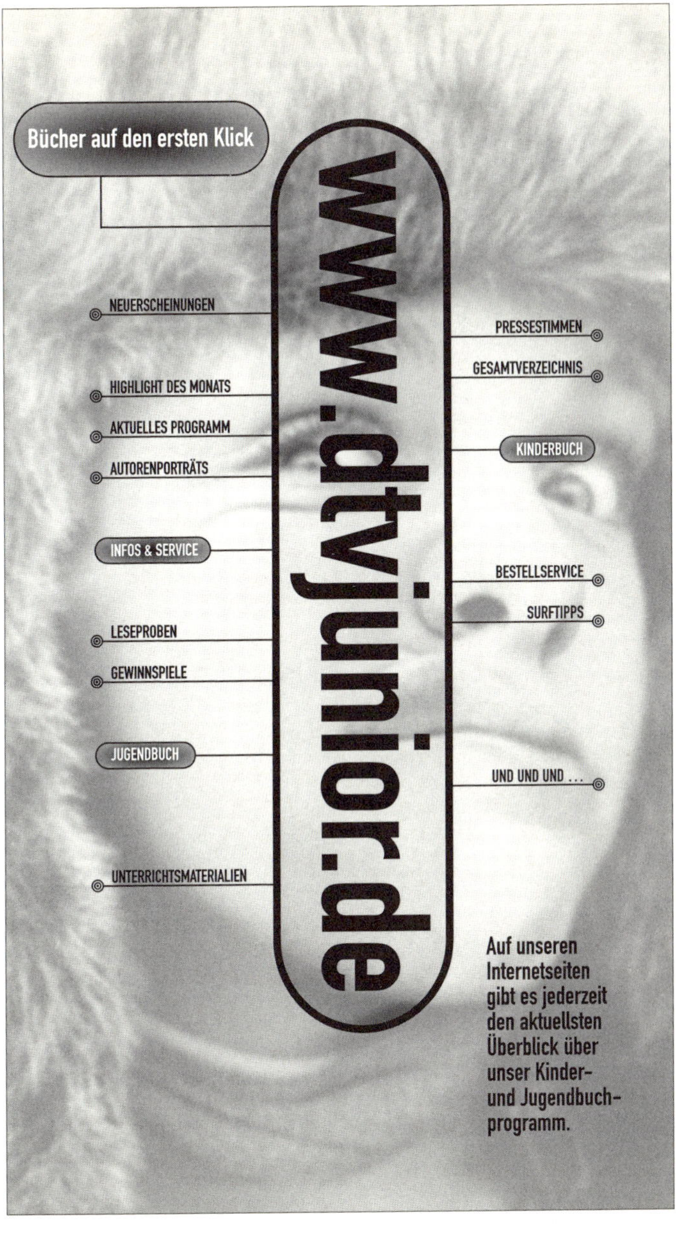
Bücher auf den ersten Klick
www.dtvjunior.de
NEUERSCHEINUNGEN
HIGHLIGHT DES MONATS
AKTUELLES PROGRAMM
AUTORENPORTRÄTS
INFOS & SERVICE
LESEPROBEN
GEWINNSPIELE
JUGENDBUCH
UNTERRICHTSMATERIALIEN
PRESSESTIMMEN
GESAMTVERZEICHNIS
KINDERBUCH
BESTELLSERVICE
SURFTIPPS
UND UND UND …
Auf unseren Internetseiten gibt es jederzeit den aktuellsten Überblick über unser Kinder- und Jugendbuch-programm.